ALLOCUTION

PRONONCÉE

AU SERVICE FUNÈBRE

FAIT EN L'ÉGLISE DE SAINT-PIERRE

POUR

LE R. P. HENRI DUCAT

DE LA COMPAGNIE DE JÉSUS

MISSIONNAIRE EN ALGÉRIE

PAR M. H. RIGNY

CURÉ DE SAINT-PIERRE

CHANOINE DE NIMES

BESANÇON

IMPRIMERIE ET LITHOGRAPHIE DE PAUL JACQUIN

Grande Rue, ?? — Vieille-Monnaie, ??

1885

ALLOCUTION

PRONONCÉE

AU SERVICE FUNÈBRE

FAIT EN L'ÉGLISE DE SAINT-PIERRE

POUR

LE R. P. HENRI DUCAT

DE LA COMPAGNIE DE JÉSUS

MISSIONNAIRE EN ALGÉRIE

PAR M. H. RIGNY

CURÉ DE SAINT-PIERRE

CHANOINE DE NIMES

BESANÇON

IMPRIMERIE ET LITHOGRAPHIE DE PAUL JACQUIN

Grande-Rue, 14, à la Vieille-Intendance

—

1885

LE PÈRE

HENRI DUCAT

DE LA COMPAGNIE DE JÉSUS

———+*+———

Le vendredi 13 novembre, un service funèbre a eu lieu, en l'église paroissiale de Saint-Pierre, pour le repos de l'âme du R. P. Ducat, mort à El-Biar, près Alger. Un magnifique catafalque, recouvert de tentures et draperies blanches et orné de fleurs, s'élevait au milieu de l'église.

Une foule nombreuse, composée du clergé des paroisses, des membres des institutions et communautés religieuses, se pressait dans l'enceinte. Considérable aussi était le nombre de fidèles jaloux de rendre hommage à la mémoire du vénéré missionnaire, et de donner à sa respectable famille le témoignage d'estime qui lui est si bien dû. Après l'évangile, M. le curé de Saint-Pierre est monté en chaire, et, dans une émouvante allocution qui, nous l'espérons, sera reproduite, a retracé la vie tout apostolique du défunt. Elle se résume en un seul mot : *dévouement*. Vicaire, religieux, missionnaire, le R. P. Henri Ducat montre partout ce que peut, pour le bien des âmes, un cœur que remplit l'amour de Notre-Seigneur, et qui fait son partage de l'abnégation la plus complète. Cette vertu, d'ailleurs, est un apanage de famille, et on ne peut que réunir dans un même témoignage d'admiration le frère qui naguère expirait dans nos missions lointaines, le neveu qui, sous l'habit du zouave pontifical, défendait la noble cause de la papauté et succombait aux fatigues de la lutte, et l'humble sœur qui, sans se lasser jamais, donne à la plus importante de nos œuvres, l'œuvre de la Sainte-Enfance, son temps, son zèle et son grand cœur.

Le thème était vaste ; le panégyriste était à l'aise pour mettre en relief ces nobles figures et montrer ce que peuvent contenir d'énergie pour le bien des âmes d'apôtres. Il l'a fait avec un véritable talent et en une série de peintures singulièrement attachantes. Nous ne perdrons pas le souvenir de cette réunion, que les chants funèbres ne parvenaient pas à attrister. L'apôtre n'a pas de déclin, sa tombe est glorieuse ; et quand il s'en va vers Dieu chercher la récompense de ses travaux, il reste encore parmi ceux qui l'aimaient, pour les encourager et leur dire qu'en somme, sur cette terre, il n'y a de vrai qu'aimer Dieu et sauver des âmes.

(Semaine religieuse de Besançon, n° du 21 novembre.)

Hic vir, terrena triumphans, divitias cœlo condidit, ore, manu.
Les intérêts de la terre n'ont point captivé son cœur, mais ses prières et ses œuvres lui ont fait une fortune dans le ciel. (*Brev. rom.*)

MES FRÈRES,

Dans cette pieuse et funèbre cérémonie, vous avez la consolation d'apporter, avec la sympathie de votre cœur, une douce et céleste espérance. Vous venez témoigner de votre affection et de votre estime pour un enfant de cette cité, de cette paroisse, pour un prêtre du Seigneur qui partout s'est montré digne de son origine, de sa famille, de sa vocation, et qui fut, dans le rôle modeste qu'il savait voiler encore, un des hommes qui ont fait le plus grand honneur à leur pays et à leur mère la sainte Eglise.

Aussi, encouragé par une voix autorisée, me fiant à votre cœur autant qu'au mien, j'ai osé vous parler un instant de celui que pleure une famille honorable et que regrettent tous ceux qui l'ont connu. J'ai eu la joie de compter M. Henri Ducat parmi mes condisciples et mes amis. Les condisciples ne s'oublient pas, les amis sont fiers de ceux qui méritent d'être nommés dans une assemblée sainte. Trop courte a été la vie de M. Ducat, nombreuses ont été ses œuvres; je serai bref, sa modestie aurait demandé le silence et ses œuvres méritaient d'être louées plus dignement.

I

Henri Ducat naquit dans une de ces familles de négociants, si nombreuses en cette paroisse, et auxquelles le travail et l'honorabilité ont valu souvent l'aisance, toujours l'estime. Ceci n'étonne point, quand on trouve dans une cité le négoce placé sous la protection des saints ; quand on y voit la *Confrérie des marchands*, l'autel qu'ils ont élevé, le tableau qu'ils ont fait peindre, on peut dire : honneur est là !

C'était en 1820, Henri fut le troisième des neuf enfants que Dieu donna à ce foyer béni. Docile et studieux dès son bas âge, il a vite conquis, au collège royal d'alors, la science nécessaire à la situation qu'il veut occuper ; le voilà employé dans une maison de banque dont les titulaires sont morts, mais dont le nom n'est point oublié [1]. Son caractère aimable, son esprit de travail, l'ont bientôt mis en relief au milieu de ses compagnons, sa piété le fait aimer davantage. Il sait être agréable à tous, son crayon trace habilement la silhouette qui fait sourire, sa voix harmonieuse est goûtée, c'est bien le meilleur des camarades. Cependant, sous cet entrain se cache une pensée grave, un désir intime ; cette pensée, ce désir, amènent souvent la tristesse sur son front. Plus tard, son frère Joseph, employé dans le négoce à Lyon, souffrira du même mal, éprouvera les mêmes douleurs. Ni l'un ni l'autre ne se sentaient dans leur voie ; tous deux se répétaient intérieurement et en secret la même parole : *Quid prodest* ? A quoi tout ceci nous sert-il ? Mais aussi à qui ouvriront-ils leur cœur, quel sera le confident de leur pensée ? Vous l'avez pressenti, mes frères, car tous nous avons eu le même asile pour le secret de nos âmes : c'est le cœur de notre mère.

1 Vélut-Amet.

Henri a parlé à sa bonne mère, le bonheur est revenu, et avec le bonheur l'esprit de décision. Il quitte ses livres de compte pour les livres de l'écolier, le voilà qui s'assoit de nouveau sur les bancs, et c'est au milieu d'enfants de douze ans que ce jeune homme de vingt ans va se livrer à des études nouvelles. Et pourquoi ? Il veut devenir prêtre de Jésus-Christ. Ne vous étonnez pas, mes frères : cette vocation, qui semble tardive, n'en est que plus sérieuse ; n'en avons-nous pas, dans cette paroisse même, de nombreux et touchants exemples ?

Qu'il voyage de ville en ville pour les affaires de la maison paternelle, ce jeune homme au cœur ardent ; sous sa gaieté native vit une pensée sérieuse ; que cet autre, habile dans la poésie et les lettres, poursuive ses études dans la capitale, heureux élu de la pension Suard, le même désir agite son âme ; tous deux monteront à l'autel. Le premier [1] deviendra vicaire de Saint-Pierre, et, non content de cette séparation du monde, prendra, à l'étonnement de tous, le froc de Saint-François le pauvre du Christ ; plein de feu et de zèle, il portera partout sa parole ardente, mourra à la tâche, et chacun dira : Quel malheur ! le P. Raphaël est mort ! Le second [2] usera sa vie, trop tôt, hélas ! au rude labeur de l'éducation de la jeunesse, et ce double exemple sera imité encore ; un troisième [3] s'en ira, dans les rochers de la Corse, apprendre comment on prêche l'Evangile quand on a le cœur d'un apôtre.

Ce cœur d'apôtre, Henri Ducat le façonnait au séminaire de Marnay, dans cette maison qui avait à sa tête un prêtre de nos montagnes et dont le nom vivra longtemps, M. l'abbé Martin ; il trouvait là des maîtres dont il devenait l'ami, et l'un d'eux [4], qui honore la cure de notre cathédrale, dit que cette affection était partagée par tous, tant on trouvait dans Henri de piété, de zèle, de mesure et de talent.

1 M. Louis Baille, en religion P. Raphaël.
2 M. l'abbé Pioche, membre de l'Académie de Besançon.
3 M. l'abbé Delau.
4 M. Suchet, curé de Saint-Jean.

En 1847, nous le voyons au grand séminaire. C'était le temps où les vieilles traditions, qui en sont encore aujourd'hui l'héritage et l'honneur, s'étaient incarnées en quelque sorte dans les Cuenot, les Brocard, les Faivre, les Chevroton, quatre noms qui redisent la sévérité de la règle, la science reconnue de tous, l'enseignement clair, méthodique et attachant, la spiritualité douce, ferme et élevée. A cette école, les deux frères, Henri et Joseph, le premier, touchant au sacerdoce, le second, marchant sur ses traces, étaient des modèles à imiter, tous deux égaux en piété et en amabilité, tous deux appelés hors de France par la voix qui parle aux apôtres.

Dans le temps de liberté que laissent les études les plus assidues, Henri faisait l'essai de la charité en visitant les pauvres de la Société de Saint-Vincent de Paul et en donnant l'instruction religieuse aux militaires, d'abord sous la direction de MM. les abbés Oudet et Mantet, de sainte mémoire, de M. l'abbé Maire, dont on n'oublie ni le zèle ni les succès, et qui a eu pour successeur celui qui n'a besoin ni d'être nommé ni de porter sa croix d'honneur pour recevoir les marques de respect et d'affection du soldat [1].

II

Henri, à qui nous revenons, s'initiait ainsi aux œuvres de l'apostolat. Le voilà prêtre, et c'est assisté de M. Griffon qu'il dit, en 1850, sa première messe. On ne saurait rappeler ici quelque chose d'heureux sans y rencontrer ce nom si aimé : M. Griffon.

La seconde messe fut célébrée dans la grotte de Saint-Ferjeux. Quelle douce scène, mes frères, et quel rapprochement ! Voyez ce tableau qui orne l'autel des Marchands. Saint Ferréol offre le saint sacrifice ; Ferjeux, son frère, sert à l'autel ; les flam-

1 M. l'abbé Echenoz.

beaux, répandent sur les parois du rocher une lueur mysté-
rieuse : c'est l'image de cette messe du jeune prêtre bisontin.
Henri monte à l'autel ; Joseph, son frère, l'assiste au saint
sacrifice ; tous deux seront missionnaires, tous deux mourront
loin de cette cité, et le plus jeune, devançant l'autre dans la
mort, sera enseveli, victime de son zèle, dans les flots rapides
du Ménam, au pays de Siam et de Bangkok [1]. Mais, à cet
instant, qu'ils sont heureux ces deux frères, entourés de leurs
familles. Et qui aurait pensé qu'un jour cette crypte sacrée serait
environnée de chapelles rayonnantes et qu'une église, écrin
d'un joyau précieux, s'élèverait sur ces fortes assises, œuvre
qui fera l'admiration de tous, la gloire de l'illustre cardinal qui
l'a vouée, de Mgr Paulinier qui l'a rêvée, de Mgr Foulon qui l'a
entreprise, œuvre conçue, dessinée et conduite par un des
assistants à cette pieuse messe, par un frère heureux d'appliquer à une telle œuvre le fruit des études de toute sa carrière [2].

C'est à Salins, dans un sanctuaire cher à son cœur par les
souvenirs de famille [3], par la mémoire d'un saint religieux, que
Henri dit sa troisième messe, et le sanctuaire de Notre-Dame
Libératrice entend les prières qu'il adresse à Dieu pour être
béni dans le premier poste que la Providence lui avait ré-
servé.

Ce poste était Champlitte. L'âge avancé du pasteur de cette
paroisse demandait à ses auxiliaires du tact, de la prudence, en
même temps que du zèle. Henri avait tout cela, aussi sa mé-

---

1 Mort le 25 avril 1862.

2 M. Alfred Ducat, architecte de l'État.

3 Lorsque le duc de Saxe-Weymar s'approchait de Salins, le maïeur, les
notables de la ville, firent un vœu à Notre-Dame Libératrice pour obtenir sa
protection (1639). La même année, une épidémie ravageant la même ville,
un second vœu, celui d'ériger une chapelle à Notre-Dame, fut fait par le
conseil de la ville. Ces deux vœux furent dus à l'inspiration du P. Marmet,
religieux du Mont-Sainte-Marie ; or, par sa mère, Joséphine-Clémence
Ducat, née Marmet, le P. Henri était parent de ce bon religieux, dont la
tombe se voit dans la chapelle de Notre-Dame Libératrice de Salins. La
R. M. Marmet, morte naguère supérieure de l'hôpital de Besançon, était
aussi de la même famille.

moire est encore vivante dans bien des âmes qu'il n'avait point
oubliées lui-même.

Cependant il se sentait appelé à une vie plus dévouée encore. Il avait rencontré un membre de cette société que tout le
monde connaît par amour ou par haine, société estimée de
tous ceux qui savent apprécier le zèle, l'abnégation et le dévouement; société à laquelle on peut appliquer les paroles de
Jésus lui-même : *Eritis odio propter nomen meum* : vous
serez en haine à cause de mon nom. Elle s'est illustrée dans
les sciences, les arts et les lettres. Première éducatrice de la
jeunesse, elle a su, quand il le fallait, verser son sang pour la
vérité, le patriotisme et la foi. C'est la compagnie de Jésus. Il
y a près de Lons-le-Saunier une douce retraite, voilée par des
arbres séculaires, et dont le nom indique la joie de ceux qui
venaient y chercher un abri en donnant librement à Dieu
leur liberté. C'est *Montciel*. Ce fut là que Henri alla interroger
la voix de Dieu. C'est là que naguère encore un enfant 1 de la
paroisse a trouvé sa voie, voie glorieuse pour sa famille. Habile
dans l'enseignement des sciences exactes, il ne le sera pas
moins dans l'art de se dévouer à la cause sacrée des âmes.
Henri rêvait les missions lointaines, et il ne tarda pas à montrer qu'il ne reculerait point devant le péril. La maladie dont
le nom seul excite l'effroi, le choléra, venait d'éclater en
Franche-Comté. Le Jura, comme la Haute-Saône, fut particu-
lièrement éprouvé. Il court à Dole, à Tavaux, prodigue les
soins et les consolations à ceux qui vont mourir et les roule
dans le linceul de la charité. C'était un bon noviciat, aussi ses
supérieurs ne tardent pas à l'envoyer en Algérie. Constantine
le verra, Constantine aux ravins profonds, et dont la prise
a illustré l'armée française. Là, au milieu de ses compatriotes,
des étrangers européens, des Arabes, il ne connaît plus de
repos : le jour est employé au saint ministère des âmes, la
nuits et consacrée presque entièrement à la prière et à l'étude

1 M. L. Baille.

de la langue arabe. Il ne tarde guère à montrer son affection pour la jeunesse, et l'on voit souvent autour de lui les enfants indigènes mêlés aux enfants de la France : le missionnaire savait bien que pour rendre Français les Arabes, il fallait les faire chrétiens. Souvent, assis sous un palmier, entouré de ses jeunes écoliers, il dessinait cette scène biblique et envoyait à sa chère famille ces croquis si agréables que l'on donnait aux cœurs généreux pour les missions d'Afrique.

Tant de travaux l'avaient épuisé ; il lui fallait l'air de son pays, et nous le voyons à Saint-Etienne, dans un collège fameux, s'occuper des intérêts matériels de la maison, tout en initiant la jeunesse aux œuvres de sa chère maison d'Alger. A peine guéri, on le mande de nouveau dans notre colonie, il parcourt la Kabylie, réside quelque temps avec le R. P. Creuzat [1] au fort Napoléon, et partout sa connaissance de la langue arabe le rend précieux à l'administration française, qui ne tarde pas à voir que le prêtre, le religieux comtois, partout où il se trouve, y porte le dévouement et l'honneur de la France.

Les malheurs se multiplient en Algérie, des tremblements de terre, des nuées de sauterelles, y portent la terreur, la ruine et la famine. Ce fut alors que Mgr Lavigerie, cet illustre archevêque dont le nom est la gloire de notre contrée, appela au secours de toutes les misères les Pères de la Compagnie de Jésus. Entouré de milliers d'orphelins, il fonde un asile à Ben-Aknoun : c'est Henri qui sera le père de tous ces malheureux enfants. Si le maréchal gouverneur de l'Algérie, si Mme la maréchale de Mac-Mahon, prodiguent leurs aumônes à cet asile, la France et surtout la Franche-Comté n'y sont point indifférentes ; une souscription est ouverte par le rédacteur en chef de l'*Union franc-comtoise* [2] ; des quêtes de vêtements se font en cette ville, et les paquebots de Marseille portent à Alger les dons que sait faire votre charité.

1 Une notice sur le P. Creuzat a été publiée par le P. Henri Ducat, 1885.
2 M. Michel.

Qu'il est doux de revoir la patrie quand on a bien mérité d'elle ; mais qu'il est triste d'y rapporter une santé ébranlée et de venir demander à ses eaux bienfaisantes des forces qu'elles ne rendent pas toujours ! Le P. Henri est à Vichy, mais voilà que la terrible guerre éclate ; il n'hésite pas ; à la première nouvelle de nos désastres, il accourt à Besançon, s'enferme dans la grande ambulance organisée par Mesdames les religieuses du Sacré-Cœur, à Saint-Ferréol, et là il dépense le reste de son énergie dans les soins donnés aux malades, et il retrouve le souvenir de l'Algérie dans ces turcos qui adoucissent leur terrible regard en entendant la langue et l'accent du désert.

Ce fut en cette année qu'il célébra à Saint-Pierre ses *noces d'argent ;* il y rencontrait dans M. Dupuis un autre M. Griffon, et ne savait plus lequel des deux était le plus affectueux et le plus dévoué : c'est ce qu'il disait à sa bonne mère, si heureuse de le revoir.

Nommé procureur des missions d'Algérie et de Syrie, il se met en route pour le pays des rêves du prêtre. Il visite Beyrouth, le Liban, enrichit ses albums de notes archéologiques, de monuments, de paysages, d'inscriptions [1] ; le voilà aux portes de Jérusalem. Il faut lire l'expression de sa joie dans les lettres écrites à sa famille, et le doux souvenir qu'il porte aux lieux saints de tous ceux qui lui sont chers. Il baise le tombeau du Christ, offre le saint sacrifice dans ces sanctuaires les plus vénérés du monde, et, heureux pèlerin, il aborde en Italie, parcourt la ville éternelle, s'agenouille devant Pie IX, va prier sur la tombe d'un neveu qui s'était fait, aux beaux jours d'enthousiasme chrétien et français, zouave pontifical [2] ; puis, traversant Besançon, il rend une dernière visite à son père et à sa mère dans le champ du repos. Enfin, disant à son frère bien-

---

[1] Le journal *les Missions catholiques* a publié plusieurs articles fort intéressants et de nombreux dessins du P. Henri Ducat.

[2] Alphonse Ripps.

aimé, à sa sœur si zélée pour la Sainte-Enfance, à sa famille chérie, un adieu suprême, il repart, monte à Notre-Dame de la Garde et y trouve un neveu, pasteur zélé d'une paroisse voisine de Besançon [1], et deux amis [2], tous trois en route pour Rome ; il les embrasse, leur recommande le courage, et, traversant une dernière fois les flots de cette mer qui sépare ses deux patries, il regagne son cher Ben-Aknoun et dit : « C'est ici ma dernière retraite. »

III

Cette parole était vaine, ce vœu ne devait point être exaucé. Ceux qui s'étaient dévoués au pays en élevant l'enfance d'outre-mer furent chassés de leur résidence, et c'est les larmes aux yeux, la mort dans le cœur, que le P. Henri regagna la ville d'Alger. Là, il sentit ses forces l'abandonner, c'est à peine s'il pouvait faire une visite encore à Notre-Dame d'Afrique sur cette terrasse magnifique, près de cette belle statue pour laquelle il avait dépensé son zèle et qui semblait le bénir. Il regardait à ses pieds la vieille ville si curieuse encore, plus bas et au loin la mer immense ; il songeait à son pays, à sa famille, à ses amis qu'il ne devait plus revoir. La mort semble se hâter. Le voilà sur son lit de douleur, où il attend avec résignation la volonté de Dieu. Il va mourir, on l'entoure de soins et de prières, l'onction sainte oint ces mains qui se sont si souvent levées pour bénir, ces pieds qui se sont fatigués dans les courses apostoliques. Murmure-t-il encore quelques supplications ? Non, c'est le chant de joie, le *Magnificat* qu'il fait entendre. Un ami, heureux ceux qui ont un ami véritable près de leur couche funèbre, un ami lui redit les noms de ceux

---

1 M. l'abbé Ripps, curé de Morre.
2 MM. les abbés Fusenot.

qu'il a le plus aimés ; il y ajoute lui-même le nom de sa mère, ferme les yeux et rend le dernier soupir. C'était le 14 septembre, le jour de l'Exaltation de la sainte Croix, à trois heures du soir.

Ne vous étonnez pas, mes frères, du cortège des funérailles, de la présence de l'évêque coadjuteur de M⁰ʳ Lavigerie, des dignitaires de la cathédrale d'Alger, de cette foule d'enfants, de ces frères de la Doctrine chrétienne, des Pères jésuites, ses compagnons de labeur. Dans tous ces cœurs, la douleur est adoucie par l'espérance. Voyez, sur cette colline que l'on nomme le Frais-Vallon, cette foule, ces oriflammes ; écoutez ces chants de notre sainte mère l'Eglise. C'est le deuil d'un enfant de Besançon, de cette paroisse.

Le R. P. Henri dort son dernier sommeil sur cette colline. De là on domine Alger, la mer ; plus loin se trouve la France, et au-dessus, le ciel, port hospitalier et heureux des âmes dévouées à la vérité. Ah ! il me semble y voir le plus jeune des deux frères, Joseph, y accueillir son aîné en lui répétant, avec allégresse et en toute vérité, ce texte que notre missionnaire avait pris pour le sermon de la première messe de son puîné dans le sacerdoce : *Dixit Andreas fratri : Invenimus Messiam :* nous avons trouvé le Messie : le Messie, c'est le bonheur, le bonheur éternel. Ah ! mes frères, tous ensemble cherchons le Messie, trouvons-le, méritons-le, ne nous attachons pas trop à ce qui passe, faisons-nous de nos bonnes œuvres un trésor dans le ciel, et si l'on peut dire de chacun de nous : *Hic vir, terrena triumphans, divitias condidit ore, manu,* tous ensemble nous dirons avec joie : *Invenimus Messiam :* nous avons trouvé le bonheur. Ainsi soit-il.

BESANÇON, IMP. DE PAUL JACQUIN

6

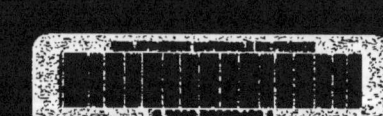